THÈQUE POPULAIRE.

LA CHARITÉ.

MANDEMENT DU CARÊME DE 1849.

Prix : 5 centimes.

2e ÉDITION.

AU PROFIT

DE LA

MAISON DES ORPHELINS,

Allées des Noyers, 26.

BORDEAUX.

1850

LA CHARITÉ.

MANDEMENT DE MONSEIGNEUR L'ARCHEVÊQUE.

Il n'y a pas de jour que nos pensées ne se portent vers vous, Nos Très-Chers Frères. Nous savons compâtir à vos peines, non moins que partager les joies et les consolations que le ciel de temps en temps vous ménage.

Aujourd'hui, c'est de la charité que nous voulons vous entretenir. Ce ne sera pas nous écarter de l'esprit de l'Église, qui lui a donné une si large part dans les œuvres satisfactoires qu'elle prescrit pendant la sainte quarantaine. Nous voudrions prévenir des maux que plus tard il serait peut-être impossible de conjurer. La misère une fois venue, comment ne pas la subir, si les moyens de la combattre, si les secours à lui opposer ont été négligés, si l'industrieuse organisation de la charité n'a pas été préparée en temps utile?

Dieu nous aurait-il condamnés à périr? Que nous manque-t-il pour vivre? Nos villes seraient-elles dépeuplées par quelques fléaux dévastateurs; nos terres moins fécondes, nos bras moins propres au travail que par le passé? D'où part ce long cri de détresse? D'où vient que rien ne se fait, que rien ne se décide, que rien ne se termine; qu'on se demande où l'on est, où l'on va? Qu'avons-nous donc perdu? Hélas! disons-le vite, nous avons perdu la confiance en Dieu, la confiance les uns dans les autres, la confiance en nous-mêmes.

Mais à qui la demander, cette confiance? A la force des armes? Non; les armes protègent les so-ciétés, elles ne leur donnent ni l'existence ni la stabilité. A la po-litique? Non, encore. Comptez, si vous le pouvez, les humiliants

démentis infligés à tous les or-
gueils; comptez tous les forts, tous
les habiles que la politique a dé-
vorés. Toute puissance n'a-t-elle
pas senti sa faiblesse, toute sagesse
connu sa vanité? — A qui donc?
A la religion, unique lien qui
puisse cimenter les relations hu-
maines, à la religion bien enten-
due, bien pratiquée, à la religion
telle que Dieu nous l'a faite, et
dépouillée de tout ce qu'elle n'est
pas.

Par delà toutes les questions de
pouvoir et de liberté, il y a donc
une question religieuse, base des
garanties sociales et qui en décide

souverainement. Qu'on disserte, qu'on s'agite, qu'on lutte, la confiance ne reviendra qu'avec la foi : c'est le propre de la religion, et de la religion seule, de se faire entendre de tous. Vivant à côté des palais comme des chaumières, elle a veillé et agi dans tous les temps pour les plus chers intérêts de l'humanité. Unir les hommes à Dieu et les hommes entre eux, voilà sa fin directe. L'esprit, le cœur, l'âme, la conscience, tout ce monde intérieur si difficile à gouverner, est son théâtre. C'est là qu'elle opère ses merveilles de purification et de transformation divine; c'est

là que s'accomplissent tous les mys-
tères qui sauvent les peuples. Le
rayon de lumière et de grâce qui
part de la croix du Sauveur éclaire, élève, anoblit; il pénètre toutes les sphères de l'activité humaine, il s'étend aux sciences,
aux lettres, aux arts, aux institutions publiques et privées; on
reconnaît sa présence dans la famille, dans la cité, dans l'État;
il laisse son empreinte dans les
mœurs et dans les lois. Cet en-
semble de merveilleux phénomè-
nes, produit de la libre action
du christianisme, a reçu le nom
de civilisation chrétienne.

Mais n'est-ce pas à nous, ministres du Seigneur, que fut confiée la mission de jeter dans les âmes, de faire passer dans toutes les régions de la société ses enseignements et sa morale? Cet homme qui courait aux barricades, un rameau pacifique à la main, devant le bon pasteur qui allait donner sa vie pour son troupeau, n'était-il pas le précurseur des classes populaires, appelées à retrouver dans le catholicisme leur ancien et sublime conducteur?

La France est née de la parole évangélique. Or, l'Évangile veut que nous nous aimions, que nous

nous secourions, que nous fassions comme à frais communs le pèlerinage de la vie.

Laissez-nous donc, N. T.-C. F., inspirer à ceux qui possèdent une tendre sollicitude pour ceux qui ne possèdent pas; laissez-nous leur communiquer ce génie de la charité, qui non-seulement saisit les occasions d'alléger les peines et les douleurs, mais recherche ces occasions avec un infatigable empressement. Seul, nous ne pouvons rien; tout nous devient possible, facile même, avec votre concours. Nous en aurons besoin longtemps; car *toujours,* selon la parôle du Maître, qui n'est que l'expression d'une nécessité sociale, *il y aura des pauvres parmi nous.*

Que personne ne refuse notre intervention; c'est l'intervention de la prière et de l'amour. Nous venons vous dire, comme l'immortel archevêque de Paris, au chef du pouvoir exécutif : Permettez-moi d'aller à ce peuple, et de lui parler. Ouvrez les voies à la religion, ouvrez-les larges et grandes. Ne voyez-vous pas que c'est faute d'être réchauffée par le soleil du christianisme, faute de porter intérieurement cette *lumière qui éclaire tout homme venant en ce mon-*

de, que notre société va périr?

Tous vos projets de réforme et de perfectionnement échouent, parce qu'ils ne sont que des sophismes de l'esprit, au lieu d'être des inspirations du cœur. Pour améliorer la condition humaine, il faut être animé d'une charité véritable : ce rayon du ciel manque à toutes vos moissons pour les mûrir.

Pourquoi, après dix-huit siècles de luttes et de combats de la part de l'Église, pour rendre les peuples et plus heureux et meilleurs, venir leur prêcher un autre Dieu que le sien? Y a-t-il une vérité utile, une amélioration possible à laquelle la religion n'ait initié les hommes? Et lorsque, par ses enseignements, elle consacre le droit de propriété, ne commande-t-elle pas en même temps au riche de distribuer aux pauvres une part de ce qu'il possède?

Voyez l'Église. Prévoyant dès son origine que la charité privée ne suffirait pas, elle organise un vaste système de charité unviverselle. Par la célébration du dimanche et des fêtes, elle assure le repos aux travailleurs; par la prédication de la parole divine, par les écoles formées aux portes de ses sanctuaires, la religion avait pourvu à la culture intellectuelle et morale des classes laborieuses. Le revenu de ses propriétés se divisait en trois parts : l'une faisait vivre le prêtre ; des deux autres, la première servait aux magnificences du culte, ces pures et uniques joies de l'habitant des campagnes ; enfin, la dernière était pour les malheureux.

On a détruit tout cela. La fraternité religieuse, la vie en commun, fondées sur la pauvreté volontaire, semblaient d'un dangereux exemple : on les a supprimées ; et maintenant la pauvreté forcée réclame la communauté de

tous les biens. On se récriait contre l'opulence du clergé : elle
n'existe plus ; l'État n'en est pas
plus riche ; mais les indigents ont
perdu leurs domaines, et deman-
dent qui les fera vivre.

Qui les fera vivre? Vous, N.
T.-C. F.; nous tous, prêtres et
laïques, mêlons, confondons nos
charités ; formons une seule famille, dont tous les membres se pres-
sent et s'appuient pour soulager
l'infortune, comme ils se serrent
et se défendent contre le désordre.
Il est un terrain sur lequel toutes
les opinions peuvent se donner ren-
dez-vous : l'amour des pauvres, le

bonheur d'alléger la souffrance, d'apaiser la faim, d'améliorer le sort de ses semblables. Nous vous y appelons tous, nos très-chers diocésains, au nom du Dieu qui nous *a apporté du ciel la flamme sacrée de la charité pour en embrâser la terre.* Que nos aumônes s'épanchent distribuées avec amour et discernement sur tous les membres souffrants de la grande famille. Donnons avec affection, on recevra avec reconnaissance.

Que les âmes généreuses, qui, à un titre quelconque, consacrent leur temps au soulagement de l'infortune, se réunissent quelquefois, s'entendent, se concertent sur les moyens les plus efficaces pour atteindre le but qu'elles se proposent. Visiter le pauvre dans sa demeure, savoir les circonstances de sa misère, ses malheurs, ses maladies, ses ressources, ses espérances; le consoler en le secourant, prendre intérêt à ce qui le touche, lui donner des conseils, l'arracher à ses habitudes coupables, l'encourager à la patience; s'occuper de ses enfants pour les faire instruire, leur donner du travail, les préserver du désordre, en un mot l'aimer : voilà la charité bien comprise, bien pratiquée, la charité

utile pour l'indigent, pour le bien-
faiteur, pour la société.

Agir de la sorte, N. T.-C. F.,
c'est mieux que de bercer le pauvre de chimériques illusions; c'est
mieux que de verser l'orgueil dans
ses plaies, afin de les rendre plus
douloureuses; c'est mieux que d'ex-
ploiter sa misère pour provoquer
des bouleversements qui, en éloi-
gnant la confiance et le crédit, ta-
rissent la source de toutes les pros-
pérités.

Laissez la charité catholique ré-
pandre ses enseignements et ses
trésors; laissez-la établir entre toutes les classes ces rapports de res-

pect et d'affection que rien ne rem-
placera jamais; laissez-la conti-
nuer cette hiérarchie salutaire et
douce qui sait prévenir les mur-
mures, l'envie, la révolte, le dé-
sespoir; laissez-lui sa dame de
charité, sa sœur de bon-secours,
son prêtre moralisateur, son dé-
légué des conférences de Saint-
Vincent de Paul et de Saint-Fran-
çois Régis.

Qu'on n'oublie pas, dans les in-
fortunes à secourir, les ouvriers
momentanément sans travail. Pour
des nécessités de ce genre, nous
faisons un appel à la charité pu-
blique et privée. Que l'État, que

les communes, que les particuliers ne craignent pas de s'imposer de nouveaux sacrifices; la misère ne peut disparaître qu'avec le travail.

Nous laisserons à cette grande question son caractère propre. C'est un jeu terrible que de troubler, sous la foi d'un rêve, son mouvement naturel, son empire sur les multitudes, son économie entière. C'est assumer une grave responsabilité que de bouleverser les existences, de changer les habitudes, d'inquiéter les sentiments, en vue de combinaisons qui ne renferment ni des éléments

d'ordre, ni des conditions de du-
rée. C'est un lamentable progrès
que celui qui nous ramènerait deux
mille ans en arrière, afin de re-
commencer l'épreuve de tous les vi-
ces, de toutes les hontes qui préci-
pitèrent la chute du monde païen.

Législateurs, publicistes, écri-
vains, le temps des petites pré-
ventions et des préjugés étroits est
passé. Il a suffi, pour pervertir
profondément les masses et con-
duire les populations aux abîmes,
de répéter pendant quelques années les mêmes sophismes, d'en
varier l'expression à l'infini, de
les déguiser sous des formules men-

songères. Le présent se détache
violemment du passé; il se préci-
pite vers un avenir plein de me-
naces. Le sol tremble sous nos
pieds, la civilisation s'agite sur un
volcan, et, à certains intervalles,
éclatent d'effroyables éruptions.
Tout s'en va, les lois, les mœurs,
les institutions.

Prenez-y garde; dans un tel
état de choses, la question est ain-
si posée pour la société : être, ou
n'être pas. Si la société n'est pas
chrétienne, elle cesse d'exister;
cependant, sans la charité, point
de christianisme. La charité est
sœur de la foi qui fait des mira-

cles, et, comme elle, la charité transporte les montagnes : toujours unies, elles sauront ranimer, conserver l'amour du riche pour le pauvre, la gratitude du pauvre pour le riche, cette merveille qui frappait d'étonnement et subjuguait le païen incapable de la comprendre.

Si la prospérité nous a quelquefois éblouis, N. T.-C. F., que l'adversité ne nous trouve pas incorrigibles. Nous perdrions le fruit de nos calamités, si, devenus malheureux, nous ne travaillions à devenir meilleurs. Appuyons sur la religion les nouvelles destinées du pays; et si nous connaissons bien les choses qui peuvent nous donner la paix, nous n'obligerons plus le Fils de l'homme à verser des larmes sur nous. C'est le propre des commotions sociales de détacher les âmes sérieuses de la terre, et de les tourner vers une sphère supérieure qui leur offre quelque chose où se prendre, où se fixer.

Nous avons écrit le nom de Dieu en tête de notre Constitution. Ce n'est point assez; il faut l'écrire dans nos mœurs. Que l'on veille à ce que le poison de l'incrédulité ne se glisse pas dans les veines de nos jeunes générations; et que des régions les plus éclairées de la société parte l'exemple de toutes les vertus. Qu'on ne redoute nulle part l'influence religieuse : elle ne demande d'autre privilége que le droit de faire le bien. Le christianisme bénit le sceptre des Césars et la hutte du chef sauvage, comme l'arbre ou les faisceaux symbole de la liberté et de l'union des peuples. Si donc vous aimez votre pays, N. T.-C. F., aimez la religion, aimez les pauvres, et vous verrez s'ouvrir devant vous une ère nouvelle de sécurité, de bien-être et de gloire.

DISPOSITIF.

ARTICLE PREMIER.— Les raison
le dispense étant les mêmes que les
années précédentes, nous accor-
dons pendant le carême les mêmes
permissions des aliments gras l
dimanche à tous les repas, et à un
seul les lundi, mardi et jeudi, jusqu'au jeudi de la semaine de la
Passion inclusivement.

ART. 2. — Nous permettons
l'usage du lait et du fromage, et
celui des œufs, jusqu'au mardi
saint inclusivement; l'usage de la
graisse le mercredi, et l'usage du

lait à la collation, pour tous les jours de jeûne de l'année.

ART. 3. — Nous étendons, en vertu d'un indult spécial de Sa Sainteté, sous la date du 6 mai 1847, la dispense du maigre aux trois jours des Rogations.

ART. 4. — Tous les fidèles qui profiteront des dispenses accordées devront faire une offrande, à titre d'aumône, en faveur de nos séminaires : on pourra la remettre à MM. les Curés, à la sacristie ou au presbytère. Cette aumône est de stricte obligation, et doit être proportionnée aux facultés de chacun.

Art. 5. — Une quête aura lieu pour le même l'objet, à toutes les messes et aux vêpres, dans toutes les églises paroissiales, annexes et chapelles, le dimanche des Rameaux; elle devra être annoncée au prône le dimanche précédent; MM. les Curés sont priés de la faire eux-mêmes. Les produits devront en être envoyés avant la Pentecôte au secrétariat. On ne pourrait, sans injustice, donner une autre destination à cette aumône, qui est pour nos séminaires d'une indispensable nécessité. Toute demande à ce sujet serait sans résultat.

ART. 6. — Nous autorisons, tous les soirs de carême, la bénédiction avec le saint ciboire, après la prière et l'instruction accoutumées. Nous recommandons la pratique du rosaire vivant et les exercices de la confrérie de l'amour de Dieu, parmi les œuvres les plus propres à attirer les miséricordes divines sur l'Église et sur la France.

ART. 7. — Le temps pascal commencera le quatrième dimanche de carème, et finira le dimanche du Bon Pasteur inclusivement.

ART. 8. — Nous confirmerons à sept heures dans notre église métropolitaine, le lundi 9 juillet, les fidèles des paroisses de Saint-André, Notre-Dame, Saint-Paul, Saint-Pierre et Saint-Bruno;

Le mardi 10, les paroisses de Saint-Michel, Sainte-Croix, St-Nicolas, Saint-Éloi et La Bastide;

Le mercredi 11, les paroisses de Saint-Louis, Saint-Seurin, Saint-Martial, Sainte-Eulalie et Saint-Amand.

BORDEAUX,

CHEZ HENRY FAYE, IMPRIMEUR, RUE SAINTE-CATHERINE, 139.

www.ingramcontent.com/pod-product-compliance
Lightning Source LLC
Chambersburg PA
CBHW061616180626
46818CB00005B/2105